叙事詩

ホモ・サピエンスからの伝言

北の縄文と知の原風景

An Epic Poem
Echoes of Profound Wisdom from Homo sapiens

Jomon Culture in Northern Japan and The Original Scenery of Intelligence

北尾克三郎
Kitao Katsusaburou

亜璃西社

叙事詩　ホモ・サピエンスからの伝言——北の縄文と知の原風景＊目　次

プロローグ

最終氷河期からの出発

マンモスやバイソン
ナウマンゾウやオオツノジカなどの草食動物が
日本列島にいた時代
今から七万年前
今日にもっとも近い氷河期が始まった――

そうして、世界の陸地の三分の一が氷におおわれた

氷河期には海水中の水が大量に氷となるため海水量が減少し
海面は最大で百三十メートルも低下し

海の中の陸が現われ
海によって分断されていた
島と島
島と大陸
大陸と大陸が
陸路によってつながり
動植物がその道を通って
新しい世界に入り込んだ

その結果、新天地での
環境適応と
それまで出会うことのなかった
異種との交配が
生物界に
変異と淘汰をもたらすことにもなった——

――二十万年前にアフリカ大陸に出現し
そこで進化し
七万年前にユーラシア大陸へと渡ったヒト（ホモ・サピエンス：知性あるヒト）は
ほ乳類のほとんどが四本足で歩くのに
立って二本足で歩くその独特の姿勢によって
行動は上下左右前後に対して敏速となり
あいた前足を手として使い
正面を向いた両眼は対象物を立体的に把握出来たから
その曲がる腕の力と
手のひらと両手の指を動かして
草や木や石や土、動物の骨や皮などを
折る
裂く
投げる
割る
切る

削る
なめす
磨く
接着する
結ぶ
編む
縫う
塗る
焼く
などの
作業が可能になり
狩猟・漁労・採集を行なう道具
料理・食事をするための道具
衣服を作る道具
身を飾る道具
木を伐る道具

石を削り磨き、穴をあける道具
土を掘る道具
土を固める道具
などを作り出し
その道具によって
生活技術を発達させ
その技術を用い
暮らしを快適にし
日常においては
火をおこすことを覚え
その火によって灯りと暖を取り
焼いたり
火に土器を置いて煮炊きし
調理した温かい料理を食べ
織った布やなめした毛皮を身に着け
住む家を造り

寒さから身を守り
厳しい環境に耐えていたが
寒冷化による日々の食糧不足はどうしようもなく
ヒトは住み慣れた土地を離れ
獲物を追う
果てしない旅に出た——

動物たちも
激変した気候によって
食物連鎖を失い
草や木の実や獲物を求め
生存本能にしたがう
大移動を始めた——

そうして、寒冷化が一時的にゆるむ約四万五千年前から三万年前頃には
ユーラシア大陸と陸続きとなった日本列島にヒトが渡って来て

日本人の祖先となり
ベーリング海峡を歩いて北アメリカへと渡ったヒトは
ネイティブアメリカンの祖先となった

しかし、氷河期最終段階の約二万年前に再び寒冷化が進み
暖流や火山の地熱によって比較的温暖な地であった日本に生息していた動物の内
ナウマンゾウとオオツノジカは環境に適応できずに絶滅し
寒さと環境に適応できたマンモスは北海道で
ヘラジカ、バイソンは本州で生き延びた
勿論、ヒトも生き延びた

やがて、氷河期の終わる一万五千年前
氷が融け、海面上昇が始まる頃には
その手と道具と火によって
多様な環境に適応する能力を身に付けたヒトは
アフリカから世界各地へと進出していて、その土地固有のヒトとなり

大移動した動物は
環境にその体型と体質と食性が適応出来たものは生き延び
マンモスなどの大型動物はその大きさ故に変化に適応しきれず絶滅した

つまり、最終氷河期を足場にして
ヒトは
世界に拡散して、各地の先住民族となり
動物は
それぞれの土地の食物連鎖につながったものは生き残り
植物は
その花粉や受粉した種子が
陸を移動する動物や
蜜で誘った昆虫にくっ付くか
空飛ぶ鳥に食べられて排泄物となるか
風に乗って飛ばされるか
川や海に落ち、漂い流れるかして

遠くに運ばれ
他の地の種と結ばれて種子となったり
すでに種子であったのが
着地した土中で
水と光と温度を得て発芽し、育ち
交配と変異を繰り返し
根付き
その土地の植生に
馴染んだものが生き延びた

結果、環境の変化に適応出来なかった動植物は
すべて淘汰され
食物連鎖と植生
新たな生態系を成しえたものたちによって
世界の新しい生物分布図が出来上がった

最終氷期（２万年前頃）

日本列島の方舟（現在）

そうして、海面上昇の進んだ海には
ユーラシア大陸の東に接し
北上する暖流（対馬海流）と南下する寒流（親潮）との間に
タツノオトシゴみたいなかたちをした日本列島が
まるでノアの方舟《はこぶね》のように
ぽかりと浮かんでいた——

日本列島という名の方舟——ヤマサチヒコとウミサチヒコ

その方舟のヤマサチヒコ（山幸彦）と呼ばれるヒトたちは
タツノオトシゴの上
野や森の中で
けものを狩り、川魚を取り
山菜・果実・雑穀類を採集して季節を味わい
石や土や木などを加工して
道具や家を作り
生活し
道具は
すぐれた材料を見つけることから始め

加工技術を発達させ
その技術を伝え
食料は
稔《みの》りや生息場所
出ごろ、食べごろ、旨い、不味いなど
情報を交換し
協働で収穫し
平等に分配し
狩りや採集にあたっては
子連れの獲物は逃がし
植物の根や実は必ず一部を残し
取り尽くすことなく
自然環境を守り維持することこそが
狩猟採集の根本であると理解して
その掟《おきて》を誰もが守り
暮らしていたのが

山のヒトであった――

また、ウミサチヒコ（海幸彦）と呼ばれるヒトたちは
海辺近くの丘の上に住み
丸木を削った舟を作り
それを浜に置き
海に浮かべて
棹《さお》を差し、バランスをとって
上手に乗りこなし
骨を加工した釣り針や銛《もり》
黒曜石のヤス
植物繊維の糸やそれを編んだ網《あみ》
それらの道具を用いて魚介類を捕り
それを山のヒトにも分け
山のヒトからは肉や山菜や木の実を手に入れて
生活し

また、島を結ぶ海の道を往き来し
ヒトと産物を舟で運び、交流させる者もいて
それらの仕事が常に海上や磯辺であったから
風向きや潮の流れ
波のかたちや色や音などによる
海の一瞬の変化の読みが
大漁と不漁
時として生と死を分け
とっさの判断による結果の 禍《わざわい》
すべては自然の摂理《せつり》と
そこからの恵みを受け取る漁夫が為す出来事
いさぎよさを気性とし
働き手を失った家族があれば皆で助け
運命共同体としての結びつきを大事にして暮らしていたのが
海のヒトであった――

針のかたちをした葉と手のひらのかたちをした葉が北と南で茂る北海道の地
手のひらのかたちをした葉が茂っては枯れ、また茂る本州の東北の地
手のひらのかたちをした葉が常に茂る本州の西の地
手のひらやいろんなかたちの巨大な葉が繁茂《はんも》する南の地

それらの各地に生きる
山と海のヒトが
陸や海の道を通って
交流し
その頻繁《ひんぱん》な出会いと
産品の交換があったから
どの地にあっても
生活はそれなりに充《み》たされ
暮らしに退屈することもなく
列島は結ばれ
そこに土器文様である

縄目に因《ちな》んだ名で呼ばれる
文明が生まれ
長期にわたり続いた——

定住する狩猟採集民——風土と住み分け

何処の地にあっても
陽あたりよく
清らかな水と土と緑と風と
山と海からの四季の幸《さち》に恵まれた場所であれば
獲物を追って移動しなくても
四季とともに食料が得られるので
ヒトはそこに落ち着き
暮らして行ける——

その中で若者は相手を見つけ、子づくりに励み

食料を得ること
生活道具を作ること
衣服を作ること
家を造ること
それらを仕事とし
仕事と仕事の区切りには
余暇と祭りを楽しみ
子の誕生を祝い
老人の死を弔《とむら》い
世代交代を重ねて
暮らしは続く――

その気の遠くなる時間の中
それぞれの土地で
それぞれの暮らしが展開され
その気候風土がもたらす景色と情感によって

固有の色彩、かたち、所作《しょさ》、風習
それに音や香り、味覚や感触が生まれ
それが千年も続くとなると
その土地独特の産品と料理
それに風俗(喜怒哀楽表現・化粧と衣装と飾り・各種芸能・祭りなど)が
かたち作られ、継承し
それらの固有性によって他地域との交流が生まれ
暮らしに多様性がもたらされ
生活は豊かになる——

また、ヒトは
血のつながりによって一族を成し
それら大小の一族が地縁や職種によっても結びつき
共同体を成し
他地域との友好的な交流を続けていれば
土地が災害に見舞われても

命さえあれば
助け合うことができ
自然が復活すれば
その生活様式もまた復活する――

そのように
海岸、平野、盆地、高原
北から南の各土地の気候風土が
それぞれの生活文化を育て
幾度、災害に見舞われても
何度でも復活し
固有の生活様式は守られるから
それらは交流し、混ざっても、統一されることなく
統一されないから巨大にならず
巨大にならないから頂点に達することもなく
頂点に達しないから終わりもなく

それぞれの土地において
それぞれが編み出した暮らしの技術
狩猟・漁労・採集の方法
その産地食材による料理
その産地材料による道具
その生活道具に刻まれる文様
その他の独自の風俗が
引き継がれ
そこに
一人一人の個性も加わり
暮らしは百人百様
厭《あ》きることがない日々が続く——

それに平穏さを好むヒトたちであったから
その微妙に違う個々の生活とそのスタイルは
争うことなく

切れることなく
気の遠くなる時間をかけて
綯《な》われて行き
多様な色彩を帯びた長く太い紐《ひも》となって
列島の文明が形成される――

米や麦喰うヒトの渡来——ヒトの神

——縄文文明は一万年以上も続き
やがて、米や麦を主食とするヒトが
今から三千年前には大陸から日本列島に入ってき始めた
彼らは
農耕や牧畜によって
食糧を生産することが出来たから
そのことが
小作人を使い食糧を生産する農場主を生み
主人と使用人、その上下関係が代々続き

そこに領主や豪族
その上に立つ王が生まれ
その下に民《たみ》が生まれた
結果、上に立つ者が起こす領地争いが
ヒトに戦《いくさ》という余計な仕事をもたらし
そのためにもヒトは働かなければならなくなり
おまけに戦に敗れると
奴隷にされたから
その戦乱の世を嫌う
長《おさ》に率いられたヒトたちが
船団を組み
新天地を求め
海を渡り
日本海側の
各地にたどり着くことになった

風土記に登場する
越国（こしのくに：福井の越前から能登、新潟から出羽地方まで）や
出雲国（いずものくに：島根の安来から鳥取の米子まで）や
筑紫国（つくしのくに：九州の福岡地方）の各地である

渡来集団は
それぞれに
時を隔て上陸し
その土地の川をせきとめて貯水池を作り
そこから水を引き
苗を植え、日本を水穂の国にして
自分たちの主食である米を生産したり
麦畑を耕作して
それぞれがその新天地を開拓し
そこに居つくことになったから
国を譲《ゆず》るとか

譲らないとか
渡来者たちによる勝手な領地の争いが
日本列島に
持ち込まれてしまった

だから、縄文のヒトが綯《な》っていた紐は
ずたずたにされてしまう——

例えば、出雲から入った渡来集団は
文様の簡略化された器《うつわ》で米や麦を喰い
縄文のヒトの狩猟採集の場である森を伐採し
大量の木炭を作り
それを炉《ろ》にくべ、砂鉄を溶かし
その塊《かたまり》を叩いて
蹄鉄《ていてつ》と農具
それに武具《ぶぐ》と祭器《さいき》を作り

乗馬と輸送
農耕
養蚕《ようさん》と機織《はたお》り
酒造り
土木と建築
それに文字による記録と伝達など
それまでなかった技術を
大陸から持ち込んで
生活を始め
その文化によって
民を治め、社会を築き
その土地のヒトたちにとって
祈りの対象であったモノ・コトを氏神《うじがみ》とし
その神と契《ちぎ》りを結び
氏族と氏神の系譜を築くことによって
日本列島に秩序をもたらそうとした

だが、そのことが
多くの血なまぐさい混乱を
各地に生んだ
そこで、中央の王は
犯す罪咎《つみとが》（ヒトの守るべき道にそむくこと）を
一つひとつ挙げ
その赦《ゆる》しを大神《おおかみ》に乞い
それらの罪を自覚し
その罪を洗い流すために
日本各地の
山の峰々
水源
森に
大小の社《やしろ》を設け
神を祀《まつ》り
神官と巫女《みこ》を置き、神事を行ない

大祓詞《おおはらえのことば》を唱え
大神の赦しを得て
汚れてしまったヒトと物と場の魂を鎮め、清め
その祈りによって
国を治めることになった——

エミシの末裔《まつえい》アイヌ民族——神とヒト

それで、氏神や
中央の大神から外された
縄文のホモ・サピエンスは
エミシ（未開のヒト）と呼ばれ
北の辺境の地に追いやられてしまう——

そうして、その辺境の地、蝦夷《えぞ》までは中央の手が及ばなかったから
蝦夷にいたエミシはその地を
人間の静かなる大地（アイヌ語：アイヌモシリ）と名づけ
子孫を作り、固有の民族として

暮らすことになる

それがアイヌ民族

アイヌ民族は
ヒトに関わる身近な動植物や自然現象
それに地形や道具までも
神（アイヌ語：カムイ）とし
霊的な存在として識別されたそれらと共に
ヒトが生きていることを
多くの物語にし
口承文芸として育んだ

それをまとめたのが
『アイヌ神謡（アイヌ語：カムイユカラ）集』

そこには神とヒトとの関係が
様々な物語となって展開し
語り継がれる

アイヌ語でアイヌは人間を意味し
神々が語る物語を
人間が神々に代わって語り
神が創った世界に
ヒトが同居しているのだから
神とヒト、双方の霊性による交わりが
絶対的な相互扶助によって成り立っていること
そうして、神の世界も
ヒトの世界も
相互扶助の掟《おきて》を守ることによって
世界が調和する
と説く

――これは
渡来人による大和国家が
武力と
地方各地に伝わる風土記の八百万《やおよろず》の神の序列と秩序
それに大神による鎮めと清めによって
国を治めることになったのに対して
アイヌは
縄文のホモ・サピエンスからエミシへ
エミシからアイヌ民族へと引き継がれた
万物の霊的結びつきによる
世界調和の掟を
口承文芸にし
それらを代々語り継ぐことによって
その文化を法とし
その法によって

神と共生する
もう一つの国づくりを
アイヌモシリで
実現していたことになる

――この調和する世界をアイヌ民族知里幸恵さん（１９０３～１９２２）がその著訳である
『アイヌ神謡集』の序に記している

その昔、この広い北海道は
私たちの先祖の自由の天地でありました
天真爛漫《てんしんらんまん》な稚児（ちご：子供）のように
美しい大自然に抱擁されて
のんびりと楽しく生活していた彼らは
真に自然の寵児（ちょうじ：自然に可愛がられる神様の子）
何という幸福なヒトたちであったでしょう

冬の陸（りく：大地の上）には
林野をおおう深雪《みゆき》を蹴って
天地を凍らす寒気をものともせず
山また山を踏み越えて
熊を狩り

夏の海には
涼風泳ぐみどりの波
白いカモメの歌を友に
木の葉のような小舟を浮かべて
ひねもす（一日中）魚を漁り（いさり：漁をする）

花咲く春は
やわらかな陽《ひ》の光を浴びて
永久《とわ》にさえずる小鳥と共に歌い
暮れるまでフキ採り、ヨモギ摘み

紅葉の秋は
野分（のわき：初秋の台風）に
穂そろうススキをわけて
宵までサケとる篝（かがり：たいまつの火）も消え
谷間に友（仲間）を呼ぶ鹿の音（ね：鳴き声）を外に
円（まど：まるい）かな月に
夢を結ぶ

ああ何という楽しい生活でしょう

I　北海道に住みついた縄文人

縄文海進期の北海道（6千年前頃）

環境——土・森・火山・海・気候・生活と資源

北海道にヒトが住みついたのは三万年前の旧石器時代
その頃はまだ氷河期であったため
ユーラシア大陸とこの地は陸でつながっていた
その後、一万五千年前に氷河期が終わり
海面上昇によってこの大地は大陸から切り離されるが
その頃からこの地の縄文期が始まる——

この大地の土は
湿原のもたらす泥炭や
養分が少なく植物が育ちにくい粘土質であったが

火山が噴火すると
それらの上に軽石と火山灰が厚く降り積もり
オオブキ・オオイタドリ・スギナなどが生え
その根が地中に伸び
植物が光合成によって作り出す炭水化物が
地面に入り込み
土は徐々に天然の畑となり
そこに火山の地熱も加わり
多くの植物が大きく育ち
その根や茎や葉や花や実を
衣食住とする多種の動物が繁殖し
その動物たちが死ぬとそれも土の養分となり
千年単位の積み重ねを経て
土は豊かな森を育てる土壌へと変化した

また、北の海は

北方の冬の嵐が海面を冷やし
その重くなった上部の海水が下降し
海底の温かい海水を持ち上げ
それによって海の底がかき回され
底に溜まっていた栄養素が撹拌《かくはん》され
流氷の運んで来るプランクトンがそれを餌《えさ》として繁殖し
そのプランクトンを餌にする多くの魚が集まる
豊かな海であった

また、大地の南西部は
北上する暖流が運んで来る水蒸気が雨を降らせ
湿潤《しつじゅん》な気候を作り出し
落葉広葉樹《らくようこうようじゅ》のブナ・ナラがよく育ち
そこを住みかとする動物が繁殖し
それらが死ぬと土壌の養分となり
川へと流れ出し

それを河口から上がったとされる川の神が逆に湾（噴火湾）へと戻し
それでなくても暖流と寒流がぶつかり
かき回されてプランクトンの育つ
栄養豊かな海の中で
それらを餌とする沢山の魚介類も育ち
それを狙って湾に入り込んで来た大食漢《たいしょくかん》の鯨《くじら》を
シャチが時おり集団で追い回したから
その迷い鯨を
ヒトビトが手に入れることが度々あったという
ましてや、それが飢饉《ききん》の年であったとなると
「これはきっとシャチ神からの贈り物にちがいないと
感謝の印に多くのお酒をシャチ神に差し上げた」
とこの湾に住む縄文人の末裔《まつえい》であるアイヌが
その『神謡集』の中で語り継いでいる――

また、中央尾根となる大雪山系北東山麓には黒曜石の産地があり

そのガラス質の石は鋭い刃となったから
狩猟や採集や料理のすぐれた道具として
その石を加工する集団が
二万七千年前には
その麓を流れる川の河岸段丘《かがんだんきゅう》上に住んでいて
大量の石器を生産していた

そのように、この大地には
火山が作り出したすぐれた岩石と
火山エネルギーが生み出す地熱と温水と
火山灰による肥沃な土壌と
南から上がってくる暖かい海流によって
豊かな森が育っていたから
そこに多くの動物が住みつき
山菜や果実が豊富に稔り
海では昆布や魚介類がよく育ち

狩猟採集と
モノ作りで
ヒトが暮らして行くには
申し分なく
恵まれた
楽園の地であったのだ

しかし、ここで暮らすには
一年の内、半分が冬であり
ヒトにとって薪、保存食、防寒着などが必要であり
それらを夏の間に用意しておかなければならず
その万全の準備が整った上で
迎える冬の
吹雪の日の
暖かい室内でのモノ作り
晴れた日の

大人も子供も一緒になって精を出す
雪かきと
その雪山による
雪滑りや雪投げ遊び
雪の下に貯蔵した食料の掘り起こし
湖面の氷の下の魚釣り
雪原や枯木立の中での動物の
足跡を追う狩り
それに大人だけによる
山仕事では
丸木舟をこしらえるために秋に伐採し
その場に寝かせておいた巨木を
春間近の融けかけた雪が夜間に凍るのを待って
山中から滑らして里に降ろす作業など
冬にしか出来ない大仕事もあり
それらに精を出していると

じっとしている暇など
どこにもなく
そうこうしている内に
雪は消え
遅い春がやって来て
春夏の草花が一気に咲き乱れると
その濃縮した季節の英気を
ヒトビトは胸いっぱいに吸い込み
それを活力にし
夏は
一生懸命働き、沢山の保存食を作り
そうして、赤トンボが山から下りて来て
空一杯に
群れ飛ぶ頃には
その時間と空間の向こうに
真っ赤に染まる森の秋と

その後の
白い世界が
いつもの年にように待ちかまえている

暮らし

女たち

季節が提供してくれる新鮮な食材や
それらを加工保存したものを
そのままか、捌《さば》くか、刻むか、すりつぶして粉にし
それを練って団子にし
焼く、煮る、炊《た》く、和《あ》えるなどして
甘い、辛《から》いなどの味付けもし
女たちは日々の料理をこしらえるのに大変だったが

家族が美味しく食べる顔を思い浮かべると
その手は弾《はず》んだ

晴れた日には
子を背負って季節の山菜や木の実を採り

春から夏：ニリンソウ・ギョウジャニンニク・フキ・ヨモギ・カタクリ・エゾエンゴサク・ウバユリなど
樹液（早春：イタヤカエデ・シラカンバ）
夏から秋：クルミ・クリ・ドングリ・トチノキ・ヤマブドウ・キハダ・キイチゴ・ヒシ・ヤブマメ・マイタケ・ヒエなど

家の外では干し物をしたり、毛皮をなめしたり
川ではせっせと洗い物
雨や雪の日には
蔓《つる》で編んだカゴに毛皮を敷き、その中に子を寝かせ

子守歌を口ずさみ
その横で糸を紡ぎ、布を織り
その布で衣服を作り
その端切れを用いてポシェットも作り
それらの仕事を来る日も来る日も続け
それを終えると
今度は集めておいた貝殻や木の実に穴をあけ
ヒモを通して装身具を作り
家族がくつろいでいる時でも
その手は、唇とともに休むことはなかった

そんな日々の家事が続く中で
季節の節目の祭りの日には
髪を結《ゆ》い直し
自分のために作っておいた特別の衣服に着替え
化粧をし

耳と手首と腕と、それと黒髪に
鮮やかな朱色の装身具を付け
広場に集い
歌い、踊り
その感情を思いきり発散させた――

男たち

大荒れの日でなければ
朝早くから男たちは
川・海・山に出かけ

漁労：サケ・マス・イトウ・アメマス・ウグイ・カサゴ・アイナメ・ヒラメ・カレイ・
ニシン・サバ・イルカ・クジラ・ホタテ・ホッキ・コンブ・ワカメなど
狩猟：エゾシカ・ヒグマ・エゾユキウサギ・キタキツネ・エゾタヌキ・エゾクロテン・

エゾライチョウ・マガモ・カケス・オットセイ・アザラシ・トドなど

狩りをし
獲物の一部はその場で加工し
仲間と力を合わせて働く時も
競い合って働く時も
一人で働く時も
どんな作業にも失敗は必ずあったから
とにかく慎重さをもって働き
漁猟は早朝から午前中
狩猟は獲物を得るまで時間制限なし
作業が順調であれば、お昼にはフキの葉などでくるんだ弁当を食べ
日が沈む前にたいがいは仕事を終えるようにし
道具や材料はきちんと作業小屋に片付け
互いにお疲れ様の言葉を掛け合い
夕暮れには家に帰り

子供やイヌの遊び相手になり
仕事で一杯になっていた
頭の中を切り替え
焚き火を囲む
夕餉《ゆうげ》の団らんが始まれば
自分の席に陣取って腹一杯に食事をし
お腹がくちくなれば
腹をたたいて満足を示し、それからぐっすりと寝て、朝を迎える
しかし、狩りで獲物を追っていたり
狩りのない日の作業小屋での猟や漁の道具の修理作業や
工房での土器作り
家具や建造物の木工作業に夢中になると
屋外ではたいまつを灯し
屋内だと油脂を沁み込ませた芯を灯して
仕事を続け
それらの火は遠くからも見えたから

それを夜間作業の合図にして
翌日に家に帰ることもあり
その時は心配して待っていた家族にハグして謝り
すいたお腹を満たすと
疲れ果ててすぐに横になり
元気を取り戻すと次の日もまた朝早くから仕事に出かけた

そのような日々であったが
遠くの産品を欲しくなり
地元のみやげを担いで仲間と一緒に
長い旅に出ることもあり
そのような時は
危険な目に遭ったらどうしようとか
無事に帰れるかと不安になり
―その不安感が危険を察知する直観力を育てる―
また、自分や家族や仲間が怪我をしたり、病気になったりすれば

もし、治らなかったらどうしようかとか
死んでしまったらどうしようかと心配し
日常が壊れてしまうことへの
どうしようもない不安感に襲われる日々もあった
―その心配と不安が他を思いやり、慈しむ心を生む―

それでも
火山の麓《ふもと》の湧き出るお湯に
仲間や家族と浸る時や
祭りの日に
普段着から一張羅《いっちょうら》（たった一枚の晴れ着）に着替え
儀式に参加し
大真面目に祈り
万物の精霊とその魂に触れ
日頃の不安感を忘れ
美味しい酒を飲む時は

ヒトとしてそこに存在していることと
そこに多くの仲間がいること
その生きている幸せを
しみじみと感じた——

子供の遊び、そうして老人

子供は森や海で一日中遊ぶことで
花々や木の実や葉
小鳥や魚
小動物
それらのすがたと美しさ
鳴き声とその調べ
香りと味覚
感触

それらの微妙な違いや変化
それに
それらの生きものの住む
地形や
環境を
体験、観察し
学び
そのイメージを
場や道具
身体や声
図や絵にし
その上手さを競い合ったり
一人では出来ない規模に拡大したりして
それらをモチーフ（題材）にし
皆で遊ぶための
かたちや仕組みを考え出し

そこにいろんなルールを決めて
実践する

そうして、日暮れまで遊んで
くたびれて
終わりにしようと誰かが言い出すと
夢中になっていた動きをすべて止めて
皆で協力して
描いたものは消し
作ったものは壊し
何も無かった状態にその場を戻し
遊んだ痕跡を残さずに
家に帰ることが
なぜか子供たちの暗黙のルールだったから
夜の間、自然は元に戻っていて
次の日を迎えると

遊びはいつも
まっさらな状態から始められた――

また、遊びの最中に
予期しないことに出くわすと
自分勝手なルールを主張する者も出て
よく喧嘩になったから
そうなると、遊びを中断し
皆がその場の真ん中に集まり
それぞれの言い分を皆で聞いた上で
誰もが納得する解決案を
考え、話し合い
新しいルールを見つけ出し
それを試し、確かめ
最後には喧嘩した当人たちの
興奮をしずめるために

握手させるとか
お互いの肩に手を回させるとか
スキンシップさせ
お互いに悪意のなかったこと
もう相手を許していることなど
行為によって表現させ
お互いに
相手の温もりを感じたところで
仲直りさせたりもした

そのようにして
大人社会でも生じる問題を
子供は子供なりに
遊びの中で体験し
その解決方法を
皆で議論して

その収拾を図り
中断した遊びを
再び進行させることも
それもまた、遊びの内であった

また、老人は
両親のその親の時代の物語や
奇想天外な昔話を幾つも知っていたから
天候が悪くて遊べない日や
秋の夜長には
屈託のない笑顔をして近づき
「面白い話をして」とお願いし
ほんとうのところは
おやつをもらうことが目的だったとしても
実際に話が始まると
お年寄りが見事に主人公になって

語る物語は面白く
必ず聞き入ってしまうのだが
その話には
ヒトが共に生きるにあたって
してはいけないことと
しなければならないことが
しっかりと含まれていて
大人になるための知恵を
知らず知らずの内に学ぶことになった――

また、親からは
日々の家事と
山菜や果実の食べごろの見分け方と採集方法
狩猟と漁労の技《わざ》
いろんな道具作りの方法を
直接、手伝いながら

楽しく、厳《きび》しく
その合間には
躾《しつけ》をも含めて
学ばされた――

そんな遊びと学びを
仕事とする日々の中で
季節の節目の祭りの日が来ると
女の子は髪を結い、きれいな服を着せてもらい
男の子は顔をきれいに拭かれ、こざっぱりした身なりにさせられ
その日を迎え
普段とは違う様子に
気分は高揚し、落ち着かず
ご馳走が食べられることにだけ
思いは向かったが
それでも儀式が始まると

顔つきはみんな神妙になって
大人を真似して懸命に祈り
祈り終えると
気持ちは軽くなり
清々しさを感じ
その時、ヒトが学ばなくてはならないことの中で
信じる心をもって祈ること
そのことこそが
一番大切であると気づかされた――

知の根源

知と想念

ヒトはその知によって
考え、行為し
あらゆるモノ・コトを創造する

また、他と交わり
あらゆることを経験し
それを記憶する——

だから
喜び、楽しみ
慈しんで愛することを知り
また、怖れ、哀しみ
憤って、憎むことも知る
そうして、あらゆる経験が心に刻まれる

また、その知は
世界をあるがままに観て
あらゆるモノ・コトに意味を与え
ヒトと世界を結ぶ

それらの知によって
生きる霊的存在が
ヒト（ホモ・サピエンス）である

言葉と道具

感性による知のはたらき
理性による知のはたらき
双方の知のはたらきによってモノ・コトが捉えられ
それが想念となり
その想念が言葉を生み
言葉が物語を作る
―ヒトは複雑な現実よりも起承転結のある物語の世界を好む―

また、その想念は
モノ・コトのかたちを脳裏に思い浮かべる能力でもあるから
そこから、役に立つかたちと機能が生まれ
それが道具となり

道具は使われることで技術を生むから
その道具が発達する――

また、脳裏に浮かんだ絵や模様が
岩壁や土器や骨や木片に道具を使って描かれると
そこには願望が込められているから、その祈りが
時空を超えて、未来に伝わる

道具の進化

――道具はやがて
手を介さなくても自動的に物を生産する機械になり
言葉(文字)と画像は印刷技術の発明によって
大勢のヒトがそれを読み、見るようになり
今日の文明が始まることになるが

その原点は言葉と道具にある

ヒトは
言葉（文章）によって物語と論理
道具によって物質と情報、それに知能そのものまでも生産し
技術革新によって次々と生み出される
新たな生活の道具によって
自らの住みかを築き
その価値観の中で暮らすことを覚える

この文明の蓋《ふた》が一度開いてしまうと
有象無象《うぞうむぞう》の文章と画像によって得た膨大なる知識の集積と
その選択と編集が生み出す
際限のない仮想世界にヒトは住むことになり
その幻想でおしゃべりし
その幻想で遊びや身体競技をし

その幻想を価値とする
貨幣経済を行ない
あらゆる幻想を消費しながら
暮らすという
不確かな世界に迷い込む――

知の根源

――では、そのような言葉と道具が引き起こす
余計な対話と価値観から離れた世界で
ヒトは
どのような知の根源によって生きているのか

ヒトが生きる時空は
宇宙の中の地球という星

その星を形成している自然の中にある
ヒトはその世界を観察し
万物に宿る魂の声を感じ取り
生きる存在なのだ

――縄文のヒトはその知の原風景の中で
宇宙、自然と共に生きていた

宇宙

〈太陽〉

朝になると地平線から上がり、昼には上空に来て、夜になると反対方向の地平線に沈む巨大な光の球（夜明け→日の出→朝方→昼間→日の入り→夕暮れ→暗闇）／その昼夜の繰り返しによる一日という単位／その明るさ（光）と暖かさ（熱）によって地上に住むものすべてを守ってくれているもの／夜の眠りと朝の目覚め／日の出、日の入りの方向／陽光の動きによる岩や木の影の伸び縮みと移動／夏と冬の日照時間の長短・日差しの角度・光の強弱の変化／昼間が一番短い日（冬至）から一番長い日（夏至）に至り、そこから一番短い日に戻る一年という周期／光があるから見える物体のすがたかたち・色・素材とその美しさ／ヒトが一生の内に何度か遭遇する太陽が翳《かじ》られ、やがてなくなり、また少しずつ元に戻って行く現象（皆既日食）／青空の輝き／雲に隠れる太陽など

〈月〉

暗くなると地平線から昇り、明るくなると反対側に沈む、痩せたり太ったりして夜空に輝く白く円い光／弓のように細いかたちが太って行って満月になり、その満月が欠けて行ってまた弓のかたちになって消えてしまう周期である一ヶ月という単位／冬が来る前の澄みきった夜空のその美しい輝き／その満月に映る影のかたちとその物語／水面に浮かぶ月のすがたとゆらめき／月明りによる地上の淡い人影とそのおぼろげな存在感／月明りの下の淡い恋／三日月にまたがり乗る、寝転ぶ、ぶらさがる夢想／満月と産卵／満月を翳《かじ》る巨大な影の出現（皆既月食）／月明りのない闇夜の真の暗さなど

〈星〉

晴れた夜空に点在する無数の光の輝きとその星座（星の点を結んで描いた人や動物や道具などのかたちとその物語）／（常に真北の方角にあり）夜空の星の大回転の中心点となって位置を変えない星（北極星）／その北極星の傍《そば》で輪舞する舟のかたちをした星座（おおぐま座の北斗七星）／その北斗七星の舟の舳先の延長上にあって春に明るく輝く星（うしかい座のアルクトゥールス）／日の出前の東の空にすがたを見せる全天空で一番明るい星（おおいぬ座のシリウス）／青白い星たちが狭い範囲に密集しているところ（おうし座のプレアデス星団、和名はすばる）／地を這う虫のかたちをした星座の中で赤く輝く星（さそり座のアンタレス）／その横を流れる天空の巨大な川（銀河）／日の出前と日没後の少しの間だけ顔を出して輝く星（金星）／頻繁にあちこちを飛んでは消える星（流星）／（流星の生みの親である）すがたを現して星の間を飛び続ける星（彗星）／四季の星座の位置によって記録する各種植物の稔りと収穫、獲れる魚の種類、航海の時期と目指す方向など

〈空間〉

こっちとあっち（方向）、さっき・いま・これから（時間）、ここ・あそこ・そのあいだ（距離）、

そのあいだを走る物体の早さ（速度）、万物に誕生と維持と破壊をもたらす力（エネルギー）、かたちのあるもの（物質）とそのものが存在する場（空間）とその物質の数（数量）と大小（大きさ）と重さ（重量）、それに夜空の無数の星の存在が示す空間の広がり（宇宙）／その宇宙にいる自己という意識とそこに同居している者たちへの限りない慈しみ／それらの存在を創り出す主（神）の気配など

――万物に調和と秩序をもたらす宇宙の善意

自然

〈物質〉

石：岩の峰、岩の峡谷、山中の巨石、奇岩、それらの存在に抱く畏敬の念／川原の石：平たい石と丸い石、白・黒・灰・茶・桃色などの石の色、模様と触感、硬さと脆さ／石の建造物：石段・石垣・石塀・石壁・石碑・暖炉／石器：ハンマー・臼・すりこぎ・斧・刃物／宝石：

ヒスイ・コハク／各種の鉱物／顔料：ベンガラ／岩塩／瓦礫《がれき》と砂など

土：陸地（平地・丘・山・谷）／植物の根が伸び、虫の住むところ、いろんな芋が育つところ／湿地と乾地／地熱／焼いた粘土：土器・土偶／乾かした粘土：かまど・土壁／固めた土：建物の土間や土台・盛土など

水：川・滝・湖・海／水・霧・雲（いろんなかたち）・雨・雪（いろんな模様やかたちの結晶）／湧水と清流／冷水と温水／飲み水：甘さと苦さ／清め／あらゆるものに命を与えてくれるもの／干ばつ・水害など

火：火山と噴火／山火事／燃焼と焼失／燃料／炎／火力／焚火／灯り／煙／清めなど

風：方向と風力／冷風・温風・熱風・涼風／疾風・竜巻／風音《かざおと》／砂塵など

天候：晴れ・曇り・雨・霰《あられ》・雹《ひょう》・雪・嵐／稲妻・雷／季節／朝のあいさつ（気温・湿気・風の強弱）など

〈生物〉

植物：草原・林・森
芽・根・茎・葉・花・実・種
野草
野菜（根菜・葉菜・果菜）
穀物
薬草
樹木（幹・樹皮・枝／木材／樹液／薬）
その他（ネマガリダケ・コケ・キノコなど）
海藻：ワカメ・昆布・ヒジキなど
動物：鳥・虫・魚・ほ乳類など
生態：巣と住みか

食物連鎖
雌雄
生殖
生と死（誕生、成長、事故、病気、衰弱、老死）
呼吸（空気・光合成・血液）

〈四季の景色と生物の生態〉

木の葉の変化（若葉・青葉・紅葉・枯葉）／花の開花（春：ミズバショウ・カタクリ、初夏：ハマナス・フジ・スズラン・ツツジ・エゾカンゾウ、夏：エゾキスゲ・ユリ・アジサイなど）／秋の実り：クリ・ドングリ・クルミ・ヒエ・ソバなど／チョウの生態：卵→幼虫（毛虫・イモムシ）→サナギ→羽のある成虫へ／カエルの産卵とおたまじゃくしの変態／セミの生態：卵→幼虫に孵化して土の中に潜る→数年間の地中生活→地上に出て脱皮し、成虫へ／トンボの生態：卵→幼虫《ヤゴ》となって水中生活→水を出て脱皮し、成虫へ／魚の遡上（春のウグイ、夏のマス、秋のサケなど）／渡り鳥のすがたとさえずり（春から夏：カッコウ・ノビタキ・シギ・ヨシキリ、秋冬から春：オオハクチョウ・コハクチョウ・マガンなど）／春霞／おぼろ月／春風に揺れる草花、小川のせせらぎ、水の匂い／初夏のカエルの鳴き声／真夏のセミの声／夏の積乱雲と雷鳴

と夕立／雨上がりの虹（赤・橙・黄・緑・青・藍・紫）／台風とススキの穂波／秋の虫の声／
秋の澄みきった空とウロコ雲／秋の満月と星のきらめきなどなど

——万物に多様性と豊穣《ほうじょう》をもたらす自然の善意

知の奥行《おくゆき》

あらゆる物質と生命が
この世に誕生し、成長と変化を遂げ
その存在をしばらく維持した後には
衰退し、消滅する

だから、ヒトも
生まれ、生き、必ず死ぬ

また、ヒトには
容姿、身体力、性質に個体差があるが
その差に関わりなく
誰もが
知の奥行を有していて
その能力によって
自由に生きている——

ヒトがその足で
世界に一歩踏み出し、万物に近づくと
無意識に起こる身体の反応と
目で見、耳で聴き、鼻で嗅ぎ、口で味わい、手で触れる
知覚がもたらす快不快と
過去の体験による似た記憶によって
万物との間に因縁《いんねん》が生じ
その原因と結果が編む網《あみ》に

そのものの過去・現在・未来の
存在するすがた、出来事、場所などが捉えられる
それが直観であり
平面的な知識による存在ではなく
知の奥行が一瞬にして捉えるひらめきの内に
万物に潜む魂の声が聞こえ
固有のすがたかたちを成さず
常に変化し続けている
存在の本質を知る

そのようにヒトは
万物を直観によってあるがままに捉えられるから
各自に具わるそれぞれの知覚の能力によって
それをありのままに表現し
会話、歌舞《かぶ》、絵画、料理、採集、狩り、モノ作りなどの日常生活の中で
知の悦びを得て

日々生きている
それらの知の奥行において
すべてのヒトは
自由である——

知と暮らし——その結実

——狩猟採集民であった
ヒト（ホモ・サピエンス）は
やがて
畑を作り
家畜を飼い
食糧を自らの手で生産することを覚え
土を育て
品種を選び、それを植え
植物や野鳥や虫たちと共に生きる里山を拓《ひら》き
そこに住み

その生活を守り
その日々から
言葉を紡《つむ》いで歌い
楽器を作り、奏《かな》で
夜になれば
星降る里の
藍色《あいいろ》の空を観察して
星座の数々とその物語を作り
それを編集して、夜空の絵図鑑にしたから
ページをめくれば
折り重なった宇宙の次元が開き
遥か遠くの祖先の星に
還り着けるようになった

そうして、ヒトは
「万物に宿る善意と共にありますように」と

天地に祈る――

知の到達点がそこにある

――祭りの日に縄文の子供たちはその祈りに触れた――

Ⅱ

魂《たましい》のかたち

ストーンサークル（森町鷲ノ木遺跡）

古老によれば
以前の浜辺は沖にあったという
海面上昇によって
海底に没してしまったのだ

今もその上昇は続いている
となると、この集落もやがて海に埋没してしまうのだろうか
そんなことをヒトは心配する

大昔の海面がどの高さにあったかは

その大昔の海岸線上に多くの貝殻が埋まっていることで知ることができる
そのため、それ以上の高さにある地面の上
天に近い場所を選んで
そこを整地し
ヒトビトは祈りの場とした

その祈りは
噴火・地震・津波・嵐・洪水・山火事の沈静
雨乞い
冷害と疫病と飢餓の退散
大漁・豊作
月・星との交信
精霊との触れ合い
喜怒哀楽の発散
などなど

儀式が始まる――
広場の中心に火が焚かれ
すべての参加者が大きく輪になって広がる

空洞の丸太を連続して叩く低いひびきと
ヒトの喉が発する唸り
それらの音の波が周囲に広がると
万物の精霊が目を覚ます

輪踊り
心臓と反対の方向（右回り）に皆が回り始める
両腕を広げたり、腰をかがめたり
単純な動作の繰り返し

緩やか↓だんだん早く↓無我夢中

精霊とヒトビトの祈りが一つになれば
そこは万物の魂の支配する場

忘我↓スローモーション↓微動↓静止

ヒトビトの祈りはすでに届けられた――

静寂

儀式を終えると
ヒトビトは翌日から河原に行き
禊《みそぎ》を済まし
自分の石を見つけ
その石に魂を入れ、数日をかけて祭りの場所へとその石を運ぶ
参加した儀式の輪の自分の位置にそれを据《す》え
すべての者が据え終えると

大きなストーンサークル（石の配列による輪）が出来上がる
大地が
祈りと祈りの場を記録し
魂はかたちとなって時空を超える――

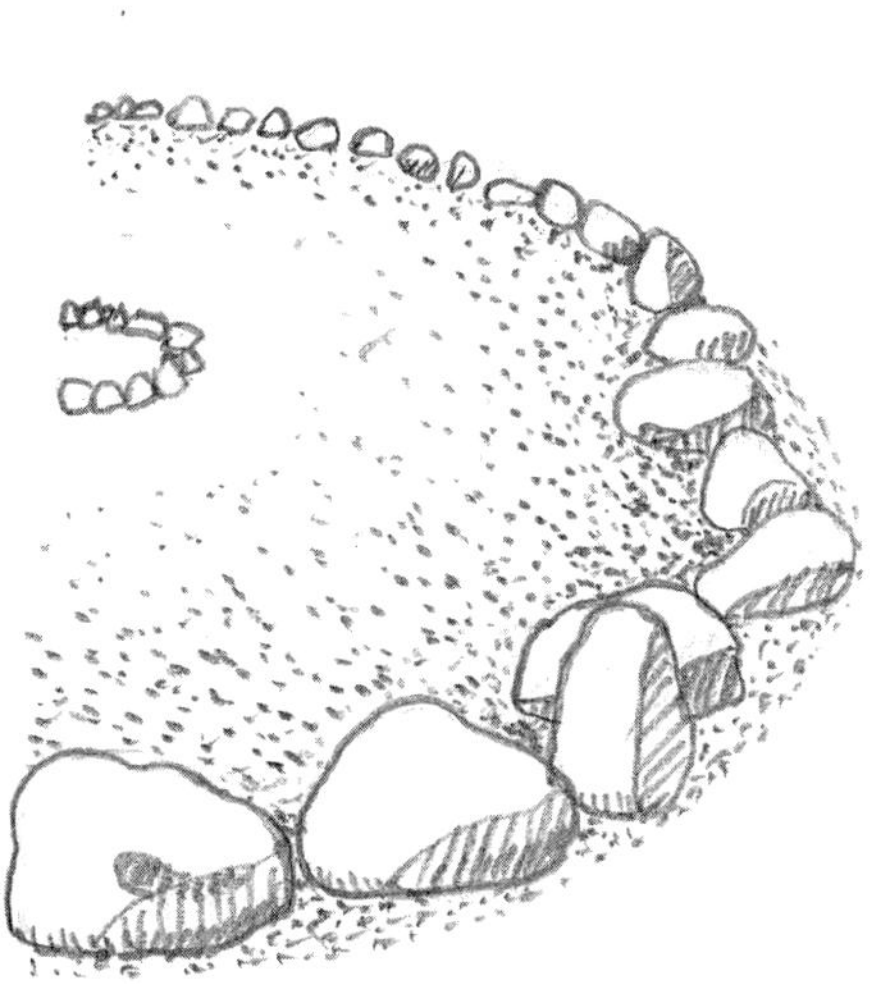

足形付土版カード（函館市垣ノ島遺跡）

我が子の存在を愛おしく思う日
例えば
婚姻が同族どうしだと血が濃くなることを避け
我が子を遠くに養子に出す時——
何らかの状況により
その命をあの世に送り届け
荒ぶる神の魂を鎮め
この世界の復活を願う時——
子が母を亡くした時——
父親はその子の足形を

柔らかな粘土板に押し付け
そこに家族や部族の印となる模様を描き込み
それを火にくべ、一晩かけて素焼きにする

確かな血縁証明カード
子との別離の際に
父親はそれを手元に置き、深い哀しみに耐えたか
母親の突然の死に際し
その横に子の足形を添え、黄泉《よみ》の国に送り出したか

その大小の足形が
カードとなって
今日に届く——

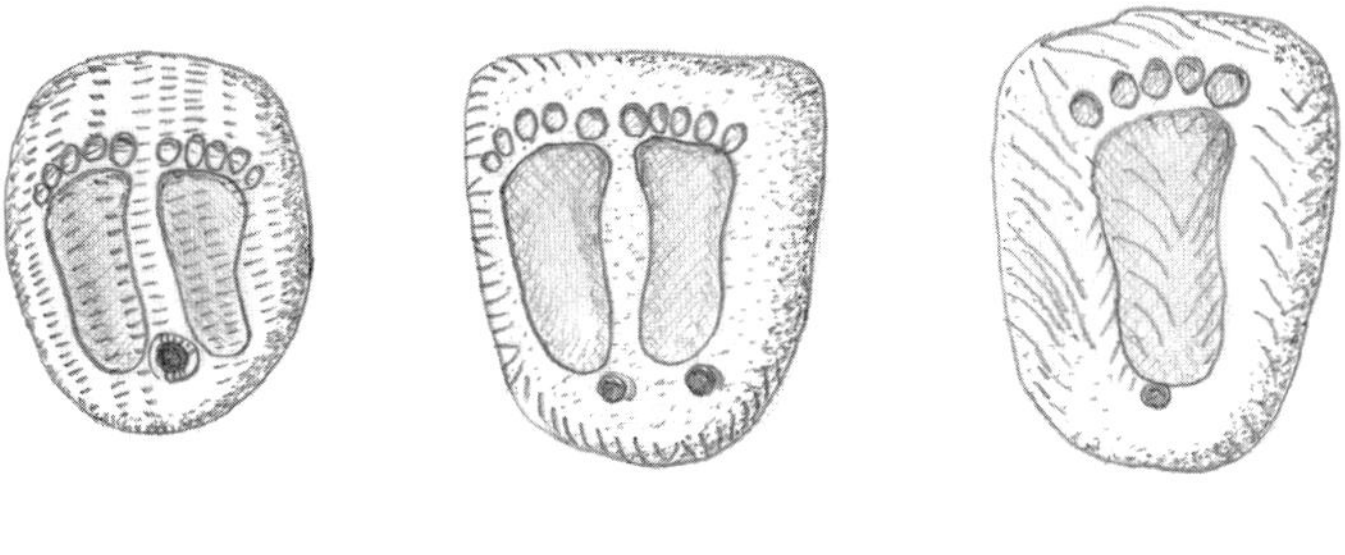

99　足形付土版カード（函館市垣ノ島遺跡）

朱色の櫛《くし》（恵庭市カリンバ遺跡）

縄文の女性の黒髪に映える
朱色の櫛
その櫛の鮮やかな色と
繊細な飾り模様が
それを身につける者の個性までも引き立てる

黒曜石の刃によって削られた
櫛の歯となる棒を何本も並べ
その上部を紐《ひも》で結束し
結束した部分を

木くずの入ったウルシで塗り固め
固まったらそこに透かし彫りをほどこし
それをよく磨いて
そこに朱色のウルシを塗る
その作業をするのが塗師《ぬし》

何しろ、ウルシの樹液を集めるのは手間だし
かぶれでもしたら顔は腫れるし
いろんな色を発色させるのに
顔料を見つけて混ぜなくてはならないし
誰もが出来ることではない
でも、その濡れたような発色をするウルシに
ヒトビトは魅せられてしまったから
櫛だけでなく
腕輪や耳飾り
額飾りの輪

101　朱色の櫛（恵庭市カリンバ遺跡）

それに帯飾りにまで
各色（朱・黒・白と黄・ピンク・青など）のウルシは塗られた
その美しさによるお洒落心をヒトに起こさせていたのは
それもこれも高度な漆工《しっこう》技術を持った
塗師がいたからである

線刻模様《せんこくもよう》の食器

お茶碗やお皿は日々の食事に使われるから
使い易さでそのかたちが決まる
その上でそれらの食器には
個人専用のものがあったから
そこに気に入った模様や記号を線刻することで
愛着や親しみを持てることが大切であった

余計な凹凸がないこと
手におさまり易いかたちと重さ
洗いやすく、収納しやすいことを必要としたし

そのシンプルな器の表面には
それぞれの持ち主の個性に合わせた
千差万別の模様が刻まれることになった

その模様は直線と曲線と点線を主体に
線で囲まれたところに型押しや縞模様や点々
それに、シンボルとなるお気に入りの図案
そのようにして、様々な世界観を表現する器が生まれた
しかも、それらの模様には
日常が穏やかであることを祈り
どれもこれもきめ細やかで軽やかな点や線を用い
荒々しいものなどない

また、その多様な模様は
それぞれの共同体にとって
そのアイデンティティーを表わす文様にもなったし

それらの刻まれた線が手に持った時のすべり止めにもなったから
模様は機能性をも兼ねていた
そこが、使い捨ての弥生式土器とは異なる

そんな土器の線刻の楽譜の上に
ヒエ・アワ・ソバのお粥や
それらを粉にして練った団子や
クリや芋の蒸しもの
新鮮な魚や貝の身に
鳥や獣の肉
それらの干物や燻製を焼いたもの
山菜のお浸《ひた》しやつゆもの
それに季節の果実
が盛られ
日々の食事の団らんに
縄文の美味しいメロディーが

奏でられる――

土笛《つちぶえ》

いろんな物体の間を風が吹き抜けると
物体と空気が振動して音を奏でる
木の葉はサラサラと
木の幹の間はビュウビュウと
梢はヒューヒュー
大きな岩の間はブオーとたくましく
狭い穴を吹き抜ける時はピィーと甲高《かんだか》く――

ヒトは自分の息で大きな巻貝を吹いて鳴らし
口にくわえた葉っぱを鳴らし

唇を尖らせて口笛を吹く

吹き口と気出《きしゅつ》の穴を開けた中空の土器
それを両手の指で挟んで
吹き口から息を吹き込み、数個の気出孔《きしゅつこう》を指でふさぎ
空気の出を調節すると
各種の音色が出る
それが土笛

アザラシやアシカのかたちをした土笛を作り
ヒトはそれを鳴らす
その音はそれらの海獣の鳴き声に似ていなくもないが
絞った穴に空気を通し、その振動で出す音の仕組みは
土笛も動物の喉《のど》も同じである

高音から低音まで

ヒトの呼気の湿った風が
土笛の内部を通りすぎると
土と生命が一体となり
その湿った音色は
遠く宇宙の根源に向かう——

土偶《どぐう》

身体の一部を病む
あるいは損なうことを経験すると
ヒトはそれらが治癒しても
その時の痛さと苦しみが心に残り
またそうなるのではと
日々に不安を持つようになる
また、昨日まで元気にしていた
親しい者が傷つき病むことになると
同じようにその痛さ、苦しみが分かるから
相手と同調してしまう——

それらの痛さ、苦しみは知性では解決できない

とすれば傷ついた肉体から
魂を引き出し、代替物《だいたいぶつ》に宿らせる
そうすれば命は魂として解放され
痛みの個所からも解放される
しかも、その痛みを
代替物によって治癒させることも可能だ

そのような代替物として
用いられたのが
大小の土偶である

たいがいが抽象的な人体のかたちをしているが
乳頭《にゅうとう》とへそと性器を具え

精巧なものは刺青《いれずみ》模様がほどこされ
豊満な体と手足を表現したものもある
それと顔には眼と口と鼻が表現され
不思議な顔面を持つものもあり
全体が赤く塗られていたりもする

これらの土偶にヒトは命を宿らせ
魂を吹き込み
その似姿によって傷や病を負った個所に
施術し
祈り
痛みを消し
その刻んだ模様によって禍《わざわい》を封じ
何らかの吉凶を占うこともした

縄文人の魂と命の治療は

その土偶にあけられた穴の数や
もがれた個所の分だけ行なわれたし
土偶の数だけの
病んだ身心を癒やそうとする
ヒトの願いがそこにはあった

そうして、この世での役目を果たすと
土に戻され、地霊と共に命の守り神になった

――だから、それらを地中から掘り出してはならない

住居

まず、地面を膝《ひざ》の高さ前後に円形に掘り下げ、床を固める
――この場合、水捌けが考慮されなければならないから
敷地は盛り上げられる
次に、土間中央の四方に掘立柱《ほったてばしら》を立て
上部を梁《はり》と桁《けた》で固定する
この左右の梁に外側地面から屋根の骨組みとなる木を立てかけ
間隔を保つ横材を渡しながら
両方の指を組み合わせたかたちに固定する
交差する人差し指部分と後方の小指部分に出来る三角形の上部は
土間の中央で燃やす炉の煙抜きの開口部とし

前方の開口部の下からは庇《ひさし》が出て入り口の前室となる
後方の開口部の下は壁を兼ねる屋根
そうして、出来上がった骨組みの上に
カヤやササを厚く葺《ふ》くと
地面から草木のかたまりが持ち上がったような
ヒトの住む大きな巣が出来上がる

炉は室内の中央
その上部は四方掘立柱の梁と桁に厚い割板を渡した屋根裏
普段は物置となるが、ヒトも寝られる
また、厚板の下には簀《す》の子の火棚が吊り下げられ
乾燥した食品がぶら下がる
厚板は炉の火の粉が天井に燃え移るのを防ぐ役目を果たし
上昇する煙を四方に広げ
煙は天井頭頂部前後の三角形の開口部から外へと抜けるから
万遍なくその煙が広がった天井の草木は

燻蒸《くんじょう》され、腐らず、堅固であった

中央の炉の火は煮焚きと暖房
その煙は除湿と防虫の機能を果たし
炉を取り囲むスペースは一年を通じて家族団らんの場であったから
夏でもその火種は絶やされることがなく
お湯が常に沸いていた——

この炉を中心として
周囲壁側（正面奥と左右）は土間より一段高くなった板床の上に
干し草のゴザと毛皮が敷かれ
五、六人は寝ることができた
また、大きめの家では屋根裏部屋もあった

入り口には前室が設けられ
冬の冷たい外気が直接入り込むのを防ぎ

前室から土間へ下りるところに踏段があり
入ってすぐ右側は
食料貯蔵用の穴と水の入った大きな甕《かめ》や
調理台となる板と石皿やすり石などが置かれていて
左側は
斧《おの》や鍬《すき》など農器具や収穫用の大小の籠《かご》が置かれている

中央の炉の周囲には美しい色模様が織り込まれたゴザが敷かれ
四方掘立柱のあいだには蔓《つる》で編んだ棚や籠が下がっていて
冬を越すための保存食が貯蔵されている

土間の四方（東・西・南・北）の太い掘立柱は
地面からグッと立ち上がり
家という宇宙の天蓋《てんがい》を支え
その天井は常に燻《いぶ》されていたから
暗黒の夜空のように黒光りしている――

四本の柱のそれぞれには
万物の力（地・水・火・風）が宿っていたから
建て替え時にヒトはこの柱を何度も再利用し
それらを家の守り柱とした

このヒトの手に成る小宇宙は
幾度、誕生と維持と消滅を繰り返したであろう――

――だが、今日あちこちに残るのは
円形に掘り下げられた家の基礎と
その土間中央の四方にあいた穴と
中心の炉の焦げ跡のみである

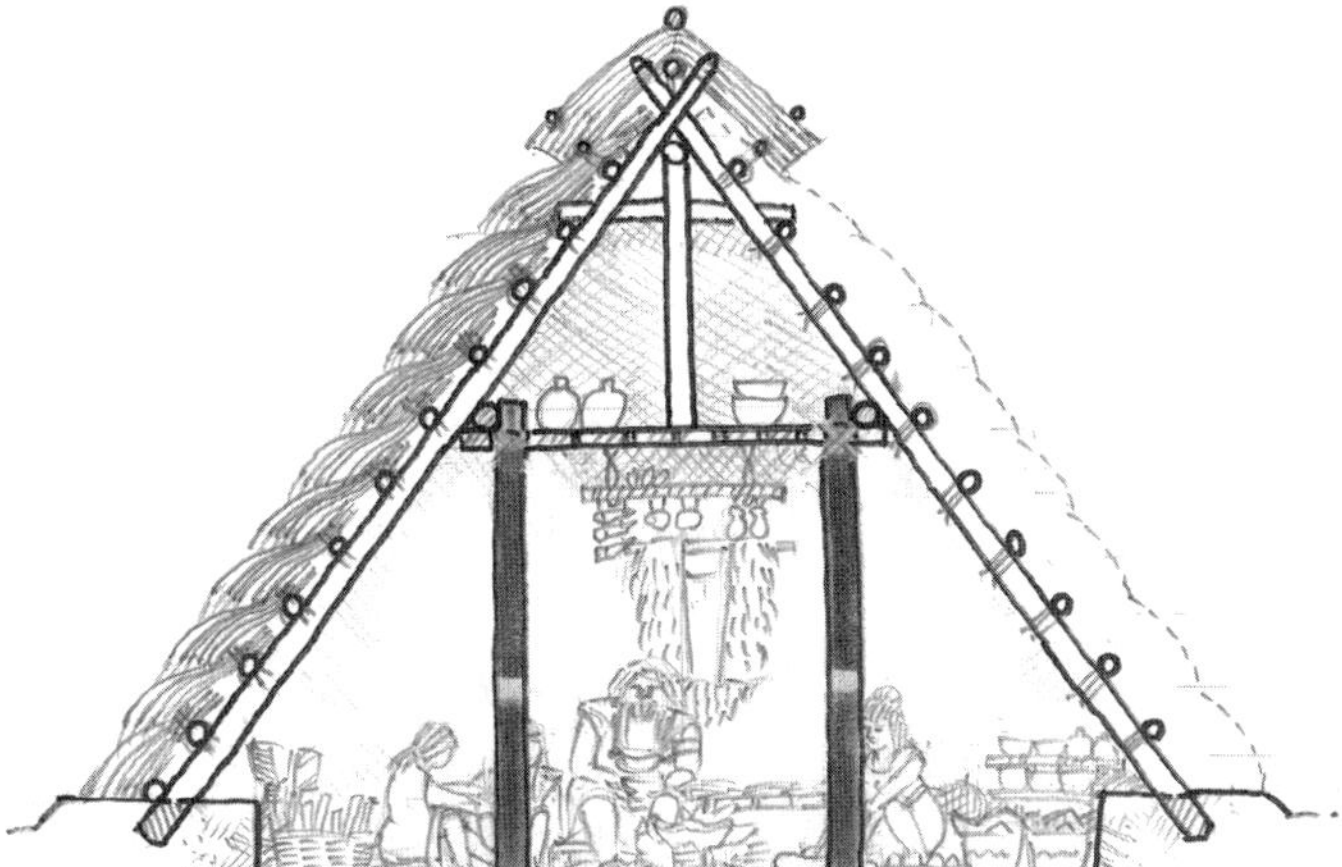

119　住居

Ⅲ　縄文の都市——青森三内丸山

縄文海進期の北東北（6千年前頃）
●印　青森三内丸山遺跡の位置

原初の都市風景

五千五百年前
タツノオトシゴの頭となる北の大地を望む胴体の先端
海峡の入江となる穏やかな湾に注ぎこむ河の
河口近くの丘の上に
六本柱の物見《ものみ》櫓《やぐら》がそびえ
櫓の下の広場には
紫の影を帯びた茶色の大屋根をもつ施設と
その横に小さくこんもりとした草ぶき屋根をもつ高床式の建物が
床下の影を地面に長く伸ばして
並んでいるのが見える――

その広場の背後の
濃い青と緑の色が重なる
よく手入れされた林の中には
茶褐色《ちゃかっしょく》の地面が台形に盛り上がったような家が
その屋根部分から白と紫の煙をゆるやかにたなびかせ
二《に》、三戸《さんこ》ずつ連《つら》なって点々とあり
それらの小集落が周囲に拡散し
大群落を形成している
また、群青色《ぐんじょういろ》の海原を前にした
海岸の白砂には
鈍い灰色の丸木舟が
その腹を太陽向けて何十艘《そう》も並べてあり
立てられた多くの杭《くい》と共に
その紡錘形《ぼうすいけい》と線状の青い影を
砂の上にリズミカルに刻んでいる——

これは本州の西のヒトと
海峡を挟んで向かいの北の大地のヒトとの
間にある本州最北端の東の森のヒトが
その地の利を活かし
物資やヒトの
交流拠点として築いた
縄文の都市のすがたである

ヒトビトは大地をならし
地面をうがち
川には護岸工事をほどこし
陸の道、海の道からこの都を訪れるヒトのために道を拓き
道の合流するところには広場を設け
そこに直径一メートルもあるクリの木の柱を
三対に計六本立てた櫓《やぐら》を組み上げ
それを都市のランドマークとし

その広場には
大勢のヒトビトを収容することのできる縄文ホールを設け
その巨大施設の横には何棟もの高床式の倉庫を並べた

また、住居エリア近くの川辺とその丘には
煙の絶えず上がる土器工房や燻製所
地下食料貯蔵庫
飲料用の水場と下水用の水場
それにトチの実のあく抜き場
などの共同作業場が設けられた

広がる林の中に点在する
住居エリアは小集落の単位から成り
その集落とは父と母とその子供が住むところを一戸として
子供が大きくなり所帯をかまえると戸数が増え
そのような家族の増殖を基本単位として

それらの単位が
親族や
狩猟・漁労・工芸などの職種によって連なるものであった

また、集落のいずれもがイモ・マメ・ヒエ・アワ・ソバなどの栽培畑を持ち
周囲には手入れされたクリ・クルミ・トチの実の林やウルシ園があり
それぞれが手分けして畑の種まきと除草、果樹類の剪定《せんてい》にあたり
収穫や脱穀《だっこく》は集団で行ない、家族の人数に合わせてそれらが均等に分配され
非常時や来訪者のための食べ物は
広場の高床式共同倉庫に備蓄していた

また、下の浜辺には
多くの丸木舟が杭に繋がれていて
早朝にそれらが裏返しからいっせいに表向きにされると
それが、漁の始まりだった――

舟は朝靄の中を幾筋もの白波を立て漁場に向かい
空と海の間《あいだ》に立つ漁師たちが
舟板一枚の上で微妙にバランスをとりながら
掬《すく》う、突く、釣り上げるなどの作業を行ない
舟にくくり付けた籠《かご》の中が魚で一杯になると
漁を終え
太陽が頭上に昇る頃までには
それぞれの舟がカモメの群れと共に浜に戻って来た

キラキラと銀色に輝き飛び跳ねる小魚
紺色《こんいろ》の背と白色の腹をし、群れて重なり泳ぐ大、中の魚など
季節とともに海流に乗ってやって来た魚が
舟から降ろされ、浜の一個所に集められ、家族の人数毎に分けられる

また、数年に一度の湾に入り込んだ大きな獲物は
皆で力を合わせて捕獲し、海から直接、浜に引き揚げ

その場で解体し、切り身となったかたまりを
皆が平等に受け取り、それを頭にのせて持ち帰り
残った巨大な骨は深い砂の中に皆で丁重に埋めた

また、保存加工するものは
浜辺の作業小屋に持ち込まれ、黒曜石の刃物で捌《さば》いて
数日間天日干しにしたから
抜け目ない海鳥《うみどり》やカラスに盗まれないためにも
その作業と管理を女たちと子供がしっかりと受けもった

その間
陽光の下
潮風に吹かれてもじゃもじゃになった黒髪の中の
赤銅色《しゃくどういろ》の顔に付いた両目が
大切な食料を守ろうと
そこに映る侵入者を

しっかりと見張っていた——

公《おおやけ》の精神と地の神

この共同体は
物見櫓や
多目的集会所や
各種共同工房の建造
道路整備や護岸工事などを
皆で行ない
食料の収穫（狩猟・採集・漁労）と備蓄
生活道具の生産と分配
ゴミ処理
原初の博物館と祈り

来街者との交流
祭り
共同墓地
などの自治を行ない
都市を維持していた
その公《おおやけ》の精神は
一体、どのようにして
生まれて来たのであろうか——

この土地は
本州の最北端に位置していたけれども
豊かな森と海を持ち
より豊かな北の大地が向かいに控えていたから
そこから持ち込まれる産品を合わせると
豊富な狩猟採集の幸に恵まれ
住むヒトは

食料をめぐって争うこともなく
遥か昔から平和に暮らし
その穏やかなる魂を受け継ぐ先祖は
代々この地にとどまって地霊となり
善行を重ね
土・草・木・鳥・虫・魚・ほ乳類・森・山・川・海・気候までもが
その息吹を受け
ヒトは知らず知らずのうちに
それら万物の善意に
手を合わせ、祈るようになった

すると、万物に宿る魂《たましい》が
その祈りに応答し
土地とヒトは結ばれ
一体になれたから
自分たち社会のかたちにも

その善意を広げようとして
それが公のはたらきとなった

この時点で
地霊は昇格し
地の神になり
その神の力の加護により
原初の都市が
かたちとなった――

盛土《もりど》の中の博物館と祭り

豊かな北の大地との間の海峡を前にして
本州最北端の森に暮らす縄文の都のヒトビトは
その生活の利便性と快適性
それに日々の喜びを求め
美味しい料理
すぐれた道具
雨風をしのぎ
くつろげる住まい
便利な共同作業場
協働して行なう食料の収穫と加工

祭りと祈り
他の森のヒトとの交流など
そのために協力し合うことを誰もが厭《いと》わず
また、地の神に対しては
自分たちが作り出す
新しい生活用具を
いち早く
共有してもらうために
出来たばかりの道具を地中に納め
自分たちの生活誌を彩る品として捧げたから
実物の生活用具図鑑が
地中に編集され、記録されることになった
これは霊的博物館としての塚であり
ヒトが作り出す品々が
その都度に重ね重ねられた結果が
厚い層を持つ

盛土《もりど》となり
それが地中の博物館になった

ヒトビトはこの盛土の上で
秋の満月を挟んだ数日間
祭りを催し
地霊であり地の神となった先祖に
この土地を汚し、おろそかにすることは
決してありませんと固く誓った
多くの御馳走が地の神に捧げられ
祈りの儀式が終われば
そのお下がりを皆で美味しくいただき
踊り、歌い
祭りの後半日になれば
長老たちは記憶しているすべての物語を
何昼夜もかけて

自らが物語の主人公になりきって
面白おかしく語ったから
特に子供たちは一言も聞き逃すまいと
その物語の展開に夢中になり
夜間には燃えるかがり火に頬を赤くし
眼をこすりながらも聞き入っているすがたが
微笑ましかった
—勿論、雨になればそのイベントは大屋根を持つ集会場へと移動して続けられた—

交流の宴《うたげ》

海につながる川には護岸工事をほどこし
船着き場を拵《こしら》え
海峡を渡って北の大地や
遠く西の地から暖かい海流に乗ってやってくる産品を荷揚げし
切り拓かれた山の尾根の道からは
陸続きの遠方の地の様々な特産品が
ヒトに担がれて運ばれ
珍しい荷と
遠来《えんらい》の初めて目にする風体《ふうてい》の
ヒトの到着に

ヒトビトの心が弾む——

はるばると物々交換のためにこの地を訪れるヒト
この地に新しい技術を教えに来るヒト
その技術を遠方からこの地に学びに来るヒト
伝え聞いたこの地を見たくなって遥か遠くから旅して来たヒト
何十年ぶりかに里帰りするヒト
これから旅立つヒト
遠方からの花嫁、花婿などなど
旅をするには好い季節
初夏になると
ハマナスの花の咲き乱れる中
ヒトビトの往来は昼夜、絶えない
千客万来《せんきゃくばんらい》
長《おさ》は宴をもよおし

かしこまった挨拶のあとは
客人《きゃくじん》と客人をもてなす側が
果実の酒を酌みかわしながら
マス・マダイ・カツオの焼き魚に
ウサギ・ムササビ・カモの肉料理
腹ごしらえにイモとヒエ
デザートにはツルイチゴ・クワの実
初夏の味覚に舌つづみし
お腹が満たされると
打楽器や笛を奏で
歌や踊りに興じ
女たちも美しく着飾り
客人のお相手をし
その旅の疲れを癒やしたであろう
それがヒトの思いやりである
見るもの聞くもの

みな珍しく
客人の住む見知らぬ地にも思いをはせ
夜の更けるのも忘れ
宴は続く――

エピローグ——あとがきにかえて

思えば、縄文文明を最初に身近に感じたのは長野県の原村《はらむら》であった。

この村の周辺からは、表面の文様だけではなくスピリチュアルなかたちをした土器が、当時、数多く発掘されていたから、そのような創造性を持つヒトたちがどのような自然環境の中で暮らしていたのか知りたくて、旅行の途中で立ち寄ったのだ。

そこは足もとの地面が八ヶ岳に繋《つな》がり、その山からは狩猟・採集・調理などに使う鋭利な刃先となる石材が産出され、溶岩が造った大地を通って湧き出す水は美味しい飲み水となり、雑木林《ぞうきばやし》の枯れ枝は大量の焚き木となって土器を焼き、ナラやクリの林を吹き抜ける涼風《りょうふう》は粘土を乾かし、鳥・虫・魚・獣《けもの》は森の生み出す新鮮な酸素によって共に生き、それらの食物連鎖によって生存している多くの生物はヒトの食料になったから、遥か昔に大陸から渡って来て高原にたどり着き、ここに住みついたヒトたちは、その自然からの恵みと夜空の月の満ち欠けや満天の星の輝きに平地より一千メートルも近い環境を得て、自己の魂《たましい》を自由に羽ばたかす余裕を持てたのだとその時、思った。

その中部山岳地の縄文の森での思いから時が過ぎ、一九九〇年代に青森三内丸山で大規模な縄文集落跡が見つかり、世界の先史期の文明に縄文の位置づけがなされ、それが日本文化の確かな源流であると気づく。

二〇〇六年、空間デザイン事務所を閉じ、渋谷から札幌に移住し、執筆業に専念。

北の縄文エリアの三内丸山に早速、出掛けた。

そこで目にしたのは大地に聳《そび》える六本の太い柱の櫓《やぐら》と、こんもりとした丘のような大屋根をのせた縄文の多目的ホールと、地面から床を高く持ち上げた倉庫群と盛土の博物館、そしてその周囲に広がる竪穴式住居集落だった。

その年に『縄文のエコロジー思想——先史・日本列島にいたヒトたちの生活誌』を出版。


それから十数年が経つ。

その間、ライフワークとする仏教哲学において、弘法大師空海著作の現代語訳に取り組み、順次出版し、縁《えん》あって、真言宗のウェブサイト「エンサイクロメディア空海」に〝大師の密教思想を現在化して考える〟シリーズとして掲載する機会をも得た。

そうして、それらの作業の大半が一段落した二〇二〇年から、縄文人の〝知性の原点〟とは何かの考察に取りかかる。
ここ三、四年は恵庭《えにわ》市〝カリンバ遺跡〟の漆《うるし》塗り装身具類、千歳《ちとせ》市〝キウス周堤《しゅうてい》墓群《ぼぐん》〟、噴火湾と活火山駒ヶ岳の景観、森町《もりまち》〝鷲ノ木遺跡〟ストーンサークル、函館市〝大船遺跡〟の竪穴住居跡とその復元家屋や〝垣ノ島遺跡〟の海浜に面する高台の集落跡とその景観、小樽市〝忍路《おしょろ》ストーンサークル〟、余市《よいち》〝フゴッペ洞窟〟の人・舟・魚・動物類の刻画などと、縄文を展示する各地の博物館や資料館、埋蔵文化財センター、それにアイヌ文化交流センター〝サッポロピリカコタン〟、平取町立二風谷アイヌ文化博物館、萱野茂の二風谷アイヌ資料館、民族共生象徴空間〝ウポポイ〟（白老町）、などを巡る。

それらの遺跡と景観、展示発掘品、文献資料やイベントから、縄文のヒトビトの日々の暮らしのすがたを掴《つか》み取り、それをその都度、脳裡に描き止めておいて、文字にすると今回の叙事詩になった。

初回の前著作では、縄文時代の〝モノ作り〟を中心にし、まず、生活道具のかたちはどのようにして生まれたのか、その素材と色などを考察し、次に、石器・土器・木と漆《うるし》・織物、育林と伐採と加工、草木の家造り、丸木舟造り、衣服と飾り、料理など、それぞれの作業の仕方を含め、その無心に作業する男女のすがたを綴った。それに秋の夜の満月に合わせ行われたであろう〝祭り〟を、いのちの連鎖の祈り・語り伝え・歌舞の三つの項目に分け、その様子を描いた。

そうして、その〝生活誌〟を以下のような詩で結んだ――

「巨木を大地に立て
硬いヒスイに穴をあけ
土器にいろんな模様をつけ
かぶれながらも木の器に赤い漆《うるし》を塗り
ちいさな母体のかたちを土で作り、それに豊穣《ほうじょう》を祈り
空洞のある石に唇をつけ、もがり笛を吹くことも
ヒトの知がなせる性《さが》である

それがモノ作りのやむにやまれぬすがたであり
作り出すことが喜びともなれば

必然的に交換経済も生まれ、ヒトビトの生業《なりわい》となる

そうしたモノ作りのヒトの住む都が
日本列島、本州最北端の青い森と海峡のはざまに（五五〇〇年前頃に）誕生し
一五〇〇年間も栄えていた。

やがて又、海面が後退し
その地が寒冷化し、衣・食・住の確保に困難になったとき
ヒトはその土地を去る

古代神話によれば
クニトコタチノミコト（国常立尊）
――ミコトとはその地、その時代を生きたヒトビトのいのちの尊称《そんしょう》である
そう呼ばれるヒトが
日本列島の北東の方角にいて
大地の祖神《そしん》であると伝えられる」と。

さて、今回の著作では、最終氷河期が終わり温暖化に向かう今から一万五千年前に日本列島の北端に開花し、一万年も続いた縄文文明の成り立ち、自然環境、そこに住むヒトビト（ホモ・サピエンスたち）のルーツ、暮らしと知の根源、文明の行く末などを綴った。

この文明は北海道南西部の太平洋噴火湾側、それに津軽海峡を挟んで本州の北東北《きたとうほく》に拡がり、特に青森湾に面する三内丸山遺跡は縄文の都と呼ばれる規模を持つ。

それらの集落の跡とその周辺に見られるヒトの精神的行状を示す痕跡や、暮らしを彩る様々な生活道具の数々が、時空を超えて〝知の原風景〟を今日に伝えてくれる。

その原風景の中にヒトが〝知の根源〟によって生き、万物が〝魂《たましい》〟によって結び付いている、存在のほんとうのすがたが見える。

――宇宙が万物にもたらす調和と秩序の善意

――自然が万物にもたらす多様性と豊穣の善意

それら科学の根本にある〝善意〟の感得と万物の〝魂〟によるコミュニケーションが、人工知能が生成する知識によって生きる現代人へのホモ・サピエンスからの伝言である。

――ヒトの知能が原初、言葉と道具を作った。
道具はやがて、人工の知能（ＡＩ）を生み
ヒトはＡＩと対話し、想念すらも映像によって作り出し
それらの情報が知を代行することになった。

しかし、そこに万物（宇宙・自然）の〝善意〟と
その〝魂〟に触れる生身の知はない。
実在する知によってのみ
ヒトは万物と共生し、ほんとうの生きる悦びと祈りを得る。

それが知の本来の役目であることを
縄文期のヒトビトが今日に伝える。

◇著者略歴　北尾 克三郎（きたお・かつさぶろう）

一九四三年（昭和十八）、京都生まれ。浪速短期大学（現・大阪芸術大学短期大学部）デザイン美術科、大阪文学学校詩コースに学ぶ。一九六七年、カナダモントリオール万博の見学後にアメリカ各都市を旅する。その後、設計や環境デザイン、まちづくり、教育現場に従事。仕事の傍ら、仏教哲学をライフワークとする。一般社団法人日本空間デザイン協会名誉会員。著書に『まちづくり手帳――明日の生活技術と都市デザイン』（マルモ出版、二〇〇五）、『縄文のエコロジー思想――先史・日本列島にいたヒトたちの生活誌』（プロスパー企画、二〇〇六）、『空海の言葉――無限の知性と慈しみ』（プロスパー企画、二〇〇七）、『空海の哲学「声字実相義」』（プロスパー企画、二〇〇七）、『荘子の二十四の寓話』（プロスパー企画、二〇〇八）ほか多数。

叙事詩

ホモ・サピエンスからの伝言

——北の縄文と知の原風景

2024年7月12日　第1刷発行

著　者　北《きた》尾《お》 克三郎《かつさぶろう》

編　集　井上 哲

発行者　和田由美

発行所　株式会社亜璃西社
〒060-8637
札幌市中央区南2条西5丁目6-7 メゾン本府7階
電　話　011-221-5396
F A X　011-221-5386
U R L　http://www.alicesha.co.jp/
装　丁　須田照生

印刷所　藤田印刷株式会社

ISBN978-4-906740-63-5 C0092